秋天的证言

徐新花 著

中国民族文化出版社

北　京

图书在版编目（ＣＩＰ）数据

秋天的证言 / 徐新花著 . －－ 北京：中国民族文化
出版社有限公司 , 2023.12（2025. 6 重印）
ISBN 978-7-5122-1808-6

Ⅰ . ①秋… Ⅱ . ①徐… Ⅲ . ①诗集 – 中国 – 当代
Ⅳ . ① I227

中国国家版本馆 CIP 数据核字 (2023) 第 256708 号

秋天的证言
QiuTian De ZhengYan

作　　者　徐新花

责任编辑　张　宇

责任校对　杨　仙

出　版　者　中国民族文化出版社　　地址：北京市东城区和平里北街 14 号
　　　　　　邮编：100013　联系电话：010-84250639 64211754（传真）

印　　装　三河市同力彩印有限公司

开　　本　787mm×1092mm 1/16

印　　张　10.25

字　　数　120 千

版　　次　2024 年 4 月第 1 版

印　　次　2025 年 6 月第 2 次印刷

标准书号　ISBN 978-7-5122-1808-6

定　　价　68.00 元

花间词，或飞花令

涂国文

徐新花是具有诗歌创作天赋的，从事幼教管理工作的她，近两年迷上了诗歌创作，而且起点不低，令人惊艳。

《秋天的证言》是徐新花的处女诗集，她诠释自己的诗集："以中年视角回观时间、人与风物逝去时的留痕，勘察、体悟当下纷扰、缭乱的表象背后的真相，思考诗意情怀在模糊未来的盎然承续之道；以诚挚的情愫和怜悯的笔触，表述真，传播美，弘扬善；以积极的心态发掘沉寂的亮光，散播希望的种子。"这一自评很客观，也很准确。

《秋天的证言》是一部主观抒情主体性异常强烈的抒情诗集。从统计学角度观察，诗集中的 140 多 首诗歌中，有 99 首诗歌明确写到"我"，占比 70%，只有 41 首诗歌无"我"。"我"在诗歌中占有如此高的权重，说明以主观之"我"为抒情主体是这部诗集的最大特点。"我"的出场，便于直接抒发诗人对生活的独到发现与深刻感悟，便于表现诗人独特的感情气质与艺术个性。但它是一把"双刃剑"，主观抒情若过于炽盛，容易造成视角与表达的单一。

这部诗集的抒写内容，可用几个词概括：自然礼赞、母爱颂歌、时光之书、富于深度与深情的生命体验"报告"。

　　《秋天的证言》是一部自然礼赞。诗人是一位自然的歌者，她"认万物为/……亲戚"（《我的村庄》），"听令于春风的一声密召"（《紫花地丁的春天》），宣言"若我也拥有草木之躯/那我将以一株飘香藤的名义/缠绕在你必经的路旁/在你投来的目光中/穿一袭绯红裙裾，作最深情的独舞"（《飘香藤》）。在她笔下，草木葳蕤，虫鱼欢腾，四季慈悲，山河壮丽：梨花开，桐花落，樱花艳，绣球花儿红，豆荚黄，水晶兰儿白，楮果苦，柿子甜……她说："来生，我依然愿意开成/这无望的花朵"（《羊乳花》）；猫儿欢，秋虫鸣，麻雀叫，她与一只蟋蟀、一只蜗牛相处，在一场春雨后看到蜘蛛、玫瑰花和露珠的幸福；春夏秋冬，四季嬗递，她从季节的痕迹中，发现春风是一把柔草扎就的苕帚，而夏天是慈悲的。她向自然《致敬》："此刻，秋天如此丰盈/穿过我的每一缕风和在风中走过的尘与土/都充满了慈悲"；她在大地上漫游，在九龙塘、杨家堂、周岱、天平山、大庄村、车盘坑、天师尖、香山荒村、莲都甚或雪域高原，感受寂静，和大自然对自己魂魄的攫掠："雪域高原的草地上，/我弯下腰身，努力成为一道/躬身拜谢的高原虹"（《高原遇彩虹》）。

　　"梅花开了/将珍藏的风骨/传递。寒风中，负重的心事/沉浮/烫一壶酒/在窗前/与遍野的梅花，嘘寒/问暖——/耗尽我所有情思/以抵达梅的内部/而一枝梅的处世哲学，让我/感到羞愧"（《乔坑访梅》）。以一颗敏感的心灵，感受大自然的律动，与万物对话，倾尽全部情思，深入事物的内部，谛听自然真谛，从万物中获得启迪，这首诗歌，打开了人与自然相处的正确方式。

　　《秋天的证言》是一部母爱颂歌，并以对母爱的讴歌，串联起对亲情、故乡和童年的抒写。《我的母亲》《千层底》《秋天备忘录》《雪枝》《望》《那棵苦楮树》《母亲》《春茶曲》《花间辞》《豆荚》《桐花落》《雪忆》《故园情》《时光之书》等诗篇，通过对母亲勤劳、朴实、能干、坚韧、奉献与慈悲等人格特征的书写，既表现了母亲对儿女、对乡土的挚爱，更表达了诗人对母亲深深的感恩："五十里外的故园 / 那里有年迈的母亲，她正站在 / 老橘树下，和祖屋的炊烟一起 / 怀揣着满满的念想 / 等我回家"（《故园情》）。这些诗歌中的母亲形象无疑是具有典型意义的，能够引发读者深深的共鸣。借用高尔基的话，诗歌中的母亲并非只是诗人一个人的母亲，更是人类共同的母亲。

在这部诗集所有讴歌母亲的诗篇中，《我的母亲》《春茶曲》刻画最细腻、最生动，也最直击读者的心扉——

"她属鼠，也和鼠那样 / 生了一堆娃，为了这堆娃 / 她和鼠那样的打着小算盘 / 尽日思量，能往家中拖来点啥 // 她在地里东窜西窜 / 把地翻了又翻 / 稻谷、玉米、番薯、豆子…… / 都是她鼓捣的对象 / 大山，田野，菜园，灶台…… / 皆是她奋斗的战场 / 她那么爱美，却总是把自己 / 折腾成一只灰老鼠的模样 / 让她去城里住上几天，她说： / 城里的房子像只笼子 / 阳光都要被挤死 / 不如乡下，每一株草 / 都能欢欣歌唱，每一只鼠 / 都能占地为王"（《我的母亲》）。诗歌由母亲的生肖入手，运用类比和对比手法，几近极致地表现了母亲对儿女、对家庭的付出，以及故土难舍的情愫，令人心酸，令人疼痛，更令人油然而生敬意，与诗人深深共情。

诗歌《春茶曲》，我们将它视为《我的母亲》的姊妹篇："母亲在采茶 / 偌大的一片山，除却她的那把伞 / 就剩一些伞样的坟墓 / 风一吹 / 满坡的野草流淌着清泪 / 在风中抱紧身子 / 雨还在下 / 而母亲，只埋头采茶 / 那把伞，遮住了她的半个身子"。诗歌由"伞"与"坟墓"形状的酷似而生发诗思，将劳作的母亲，置于一个墓冢累累的自然背景中去刻画，翠绿明艳的春茶与灰暗阴森的坟墓相对比，生与死相映衬，营造了巨大的艺术张力，震颤读者心弦；而母亲在这样的环境中所表现出的心如止水、泰然自若，更是生动地呈现了一位看淡生死的老人所抵达的生命高度。

《秋天的证言》是一部时光之书。诗人追忆亲情、童年和故乡，捡拾遗落在时光深处的脚印。无论是《雪夜》《放牛》对父亲的怀念："可是父亲／每次走在这条路上／我为什么就是痛得不能呼吸？／为什么你偏选择我落下的那个地方／那么满足的，静静／躺在那里"（《放牛》）；是《故乡》对母亲的眷恋："她做了我的母亲还不够／又成为了我——／一辈子牵挂的情人"；是《尘埃》对祖母的悼缅；还是《泡泡糖》《从前》对童年的回望；也无论是《此刻》《故乡的天空》《柿子树下》《行走在故乡的山野》《夜色多么好》对故乡的描摹；还是《栅栏》书写的村庄传奇……莫不潜涌着诗人的一腔深情，苍凉着一种"四面八方的来风，不定时地吹／吹散了祖屋的炊烟，吹走了村里一些人／吹得老物件蜷缩在土屋楼角／失去了灵魂／吹得光阴，寸寸下沉"（《老物件儿》）的人生况味。

《秋天的证言》是一部富于深度与深情的生命体验"报告"。《穿行于楼塔古镇》《药典》《在田庐》《在南山》《攀行》的出游，《一个人的周末》《星光》《傍晚，独坐江边》的孤独，《我好像听见神的召唤》《寂静》的神思恍惚，《暗流》《怅然书》的莫名忧伤，《生命之轻》的悲悯，《暖阳》的慰藉，《错过》《那个夜晚》《火焰的长舌》《被划亮的火柴》《包粽子》《高脚杯》的深爱，《山谷里的酿酒坊》的访友，《追光者》与侄儿的游戏，《秋天，关于繁盛的草木》《提线艺术》《秋千的烦恼》《晨思》《一指弹》《凋零的日子》《冬日物语》《顿悟》《片段》《生日有感》《某种生活》的心灵顿悟，等等，写尽了中年人生的百般滋味。"月光在夜鸟的叫声中逐渐铺开／摩挲着体内的千山万壑／澄明的秋天／正举着一把刀赶来"（《月夜》），"我开始学着，像对待光明的日子那样／对待黑暗的日子"（《心曲》），前者写生活的施暴，后者写自己的开悟，生动形象地展现了一幅真实的中年生命图景。

《秋天的证言》所收录的诗歌，篇幅都不长。这样的文本体量对于一位女性诗人来说正好。整部诗集，质量比较均衡，大多已达到发表水准，且有不少精品。从诗歌创作艺术手法来看，这部诗集鲜明地呈现出如下三个特征：一、语言老到，概括力强，描摹精准；二、善于素描，"剪影"生活，画面感强；三、风格凝重，贴近生活，贴近生命。譬如《陀螺的歌唱》《暮色与老人》这两首诗歌："晒场上，她把一麻袋稻谷从肩上卸下 / 却卸不下生活的重负 /……/ 她的命好像是一只——/ 旋转个不停的陀螺 /……/ 风从北边吹来 / 像抽打她的鞭子又粗又重……"（《陀螺的歌唱》）；"他肩扛即将失传的农具 / 在村道上出现，走近 / 驼峰一样的背，是叩拜土地 / 留下的印记。那张被岁月铁铧犁 / 深耕出垄沟的脸 / 蕴藏着一趸子沧桑……"（《暮色与老人》）。前者素描了一幅"陀螺图"，后者剪影了一幅"暮归图"，二者均采用白描手法，从生活中摄取看似寻常却极具艺术张力的画面，以素朴、凝练的语言写真生活，以深挚的情感显影凝重的生活，体现了诗人的艺术概括力。

毋庸讳言，《秋天的证言》也存在着一些不足之处，譬如诗歌语言内部肌理略显粗粝，整体风格偏硬，这可能与诗人的"假小子"性格有关，需要进行一定程度的细化与软化处理；譬如主观抒情主体性过于强烈，需要有意识地偶尔从"我"中"逃离"，适度尝试"零度抒情"，以弱化过于浓郁的主观色彩；譬如表现手法略显单一，需要丰富观察视角和表现手法，等等。当然，这些意见对于一个甫一出道即表现不俗的诗人，可能有点吹毛求疵，仅供诗人参考。

是为序。

2023 年 7 月 4 日于杭州

目 录

第二辑：寂静潜入我的身体

第三辑：秋天备忘录

第四辑：因为一只猫

第一辑：陀螺的歌唱

傍晚，独坐江边

鸟雀尚未归巢

落日在为远山加冕

晚风的笤帚一遍遍清扫余温

在一江碧水的另一侧

我坐了下来，视线被江水扯得悠远

心中狂躁的那只虎

渐渐被傍晚天籁的柔情所驯服

溜潜回了某个幽暗处

江柳轻扬，替我抚摩着

在尘世丛林穿梭剐蹭出的瘀伤

不远处，孤鹭划出一道亮光

停歇在裸露的洼地上

互视的那一刻，我看见

它也和我一样，有着无法解读

又难以言说的倦怠和悲伤

和我一样，总想着逃离

却又不得不一次次重新落回

这让人觉得无奈

又无限留恋的人间

月 夜

满月被微云挟持
一寸寸，爬上远处的驼峰
流星拖着火把，跌入樟树林

我们就着往事饮酒
谈论霉斑和铁锈
露天电影，自顾自上演

月光在夜鸟的叫声中逐渐铺开
摩挲着体内的千山万壑
澄明的秋天
正举着一把刀赶来

光的殉道者

凌晨四点，我独自一人
隐身在楼顶秋千椅上
看鸟儿如何声声唤醒黎明
晨光如何寸寸驱散雾霭，此刻
世界寂静得能听到每根草的呼吸
当万物都已洞门大开
我和我的藏身之地
也被光刀雕刻得凸显了出来
——又是一个浑圆的茫茫白日
越来越多的人走出门，浸入发白到
不知是新还是旧的生活里
看来，光才是始作俑者
滋生一切哗然，想象，欲望
每个人都给自己虚拟了一个战场
在光中纠缠，角逐，搏击
直到伤痕累累，病痛缠身
直到——在一束最后的光中
沦为尘埃

被划亮的火柴

星星潜入天湖的深处
我和你躺在屋顶的草坪上
风代替你抚摩着我
高处，时不时有飞机
一闪一闪地坠入远山的轮廓

它们和我们多么相似
仿佛一根根被划亮的火柴
只闪现一瞬
随即消灭在深不见底的虚空
又像是一颗颗流星
明明白白地出现
又明明白白地消失

风一阵紧似一阵
我似乎已冷透，我突然抱紧你
亲爱的
你一定没有看见
我眼中晶莹的泪滴

暗　流

傍晚，在瓯江边散步
久旱无雨
江面如一扇嵌入大地的玻璃
看不出流动

这多像我经过的岁月
尚未察觉
一切却在悄然中嬗变
青丝被染白
额上被冲出一条条沟壑

我的忧伤
流淌在心底幽深处
亦如这江水
暗流涌动

生命之轻

水精于伪装术

刚刚，一个妙龄少女投了河

水吞噬她后，仍一脸平静

映照着万里晴空

它的歌声依旧充满欢乐

依旧与流云互动，与柳枝牵手

江水并无罪过

花季少女罹难时，其他的物象也如常照旧

该开花的开花，该结果的结果

只有几只冥纸似的白鹭

在水面飞来飞去

像某种启示

又像是在为谁招魂

星　光

夜晚，独坐江边

江水无情，亲吻过芳甸后

随即愈行愈远

脱去鞋，任水的寒凉没过脚丫

偏它又太欺人，侵入肌肤还不算

直到蔓延至骨髓

举头望，空中那颗孤星

沉沦在夜的高寒里

与它对视良久，我知道

我们彼此间有着相通的心意

无论身居庙堂或江湖

孤独，不会有另一张面孔

接收着来自遥远的慰藉

愀然无语中，星星晶莹的光亮

闪烁进我的眼

片 段

当年，为追逐微名片利
我离开巢穴
成为故土长久的缺席者

如今，头顶飞起霜花
虽仍有不甘，却不得不承认
之前的忙碌和执着
只是操着竹篮
打捞一场人世盛大的虚空

此刻，草丛里黑夜的吟唱者
一声紧接着一声
像是在替哪个失眠的人
喊着寂寞旷世的苦涩和疼
又像是在替谁
吐露灵魂深处的忏悔

迎风歌

杵在时光的河床
一个人，甚至一座村庄
是不是只需时代击起一朵浪花
就足以泯灭它？

冬意弥深
在香山村
天光悲悯的匍匐
在这片废墟上土屋倾圮
院内一只酒坛子，在蛛网下深思
那些曾在此举碗共醉的人
都去了哪里？

寒风呜咽，枯草簌簌，离鸟点点
我知道，我也不适宜继续浸淫于这死寂
学着鸟儿起飞的姿势
我紧了紧身子
挤去那倒灌入体内的荒寂
疾步下得山来
步入人间炽烈的烟火

顿 悟

独自穿越密林

荆棘缠身

挣扎，呼喊

声音遁入空林

我的双眼望出秋水，仍不见人来

梦境亦真亦幻，余悸充盈夜色

念及此生，羁绊众多

而更多的荆棘，乃从心生

想想平生所恋皆为瞬息之物

沧海桑田，四季更替

残局终由岁月收拾

庸人呵，何苦作茧自缚？

恍惚间再入梦

有星星不断升起

一颗比一颗硕大

明亮似一粒粒解药

凋零的日子

又过去了 365 个独立又相互纠缠的日子

日子还在继续

它们并非以滚雪球的形式存在

也不像是结绳记事

那么，是否能用

一棵树的叶子作为隐喻？

一片紧接着一片，零落在了风尘里

还是不像啊，树叶春风吹又生

可我的日子它没有根系

世界上那么多的事物

看得见亦摸得着

有些摸不着的也还能看得见

可那些逝去的日子

朋友啊，你告诉我

该去何处寻觅？

一想到这里

我禁不住叹了一口气

又叹了一口气

在茶树旁

花朵和枝叶上

冬阳匍匐。一群生灵——

在茶树的琉璃盏上交谈，劳作

或颤动羽翼，或爬行

这些微小的生命

无怨无求，心气平和

将茶树当成安居的国土

这场景让我为之动容

长久凝视所产生的安谧

是一把让内心空灵的钥匙

一束光从心门进入

在它的作用下

那被卤水腌制过的生活

又重新焕发

动人的色泽

寂　静

午后的山谷

寂静，阳光一样悬浮着

一只蝴蝶歇上一朵野花

一切的纷扰喧嚣沉寂了下来

驻足，呼吸与植物保持一致

梢头群鸟的欢唱和心头的歌

出自相同的乐谱

心安理得地享受着这天宽地阔

喜欢时光被挥霍

此刻，我几疑自己是这里的王

无边落木萧萧下，皆因我一挥衣袖

尘世赐予的迷茫与困惑被疏通

阳光从枝头一跃而下

消解去心灵沉淀已久的惰性

我灵魂的枝叶

又开始进行光合作用

我好像听见神的召唤

黄昏，坐在农舍外的石凳上
多么寂静的时光啊
几声巢鸟的嘀咕，让白昼寸寸沦陷
远山的巨齿被暮色渐渐填平
如被驯服的野兽，躲进了黑暗

天地在不动声色中
又一次完成了开阖转换
我好像听见神的召唤
心中盘桓已久的愁怨瞬间羽化
仰望，不知什么时候
几颗星仔跃上夜空
闪着钻石的光亮

陀螺的歌唱

晒场上，她把一麻袋稻谷从肩上卸下
却卸不下生活的重担
每个物种都有无法诠释的命
而她的命，是一只——
旋转不停的陀螺
阳光晒着耙开的稻谷
也晒着她膝盖的疼，肩胛骨的痛

风从北边吹来
像抽打她的鞭子又粗又重
年老多病的父母和婆婆
摔断腿的丈夫，上学的娃儿……
日子像几张循环播放的幻灯片
底色尽泛着灰白

掏出手机，点开一首《信天游》
所有的疼痛，需要歌声过滤
日子深厚的积雪
盖不住她舒展的歌喉

心 曲

午夜，急诊大楼外

透过车窗仰望

那片遭天空流放的孤月

被枝桠刺伤在寒冬的梢头

多么凄惶，寂寞

此刻，万物匍匐于底片的寂静

沉湎于此，眼眶止不住升腾起雾水

深呼吸，藉此清理内心的淤塞

呼之欲出的泪水被遣回

这尘世本就不友善啊

它哪会想要饶过谁

行走游历于其中

就咬牙忍受它的炙烤或冰冻吧

挣脱开羁绊，重新审视内心

我开始学着，像对待光明的日子那样

对待黑暗的日子

一指弹

医院白炽灯下
一只虫子爬在白色提包上
我用手指轻轻一弹
它便跌落去了病床下的黑暗

这多像一个人
莫名承受命运的一指弹
或沉沦为药物性肾功能衰竭
或被鼓捣得半身不遂
更甚者，像一片落叶
顷刻凋零

淫浸于急诊室的冷夜
看着病床上的他（她）们
怅然着天地之悠悠
我的眼里心里
尽是冰与雪

春天的野墓地

日光在微尘的风中，像一场细雨

一处野墓地——宁静的中心

竟也诞生了美学

这逝者的家园，土豆苗葳蕤

豌豆蔓向天空缠绕

紫花共白蝶飞，春光沸腾

一切都在运转，在延续

此刻，居民们的处所很安静

也许，它们在静坐沉思

抑或在卧榻酣眠

它们的梦和思想，神秘而不宣

活着的人不会懂

睁着独眼看世界的天空

我想：当我离开，夜幕降临

在比白天还要温柔的夜晚

居民们来到绿草甸上聚集

液态的月亮给万物上妆

也会给它们的周身

镀上一层银

尘　埃

寂静。光影里
它们飞旋，升腾，回落
是此刻最活跃的部分

这些微小的颗粒
来自远古还是现代？
会是谁的化身？

白玉兰托起的杯盏
一只只跌落，破碎
是要叩醒什么呢？

春天打了两个寒噤——
原来，所有的枝头
都汹涌着波涛

久站于盲飞的尘埃中
心，大雾弥漫
只觉自身亦如一粒尘埃
失去了重量

栅　栏

那一年
大雪封山，风在呼啸
村庄泛着神性的光芒

牛在牛栏内反刍
狗在土灶后打盹
那个出逃未成的童养媳
身后背着她刚抓过周的孩子
风陪着她站在屋檐下
她伸出冻得像红薯一样的手
折断檐边栅栏样的冰凌

大雪封山，风在呼啸
陈旧村庄另一些栅栏
隐在天幕之后

漫　游

解去尘世缠身的藤

远离车流、人声酿就的鼎沸

循着一条山径

如一条鱼，游入绿色深海

此刻，与鸟兽虫豸一样

我是大自然悸动的生灵

看阳光闪烁丛林

听山泉唱响新韵

感受风儿熨平起了皱褶的心灵

从头到脚，我得到了一次更新

直到山下炊烟袅袅升起

我才突然意识到，我并非

此地久居的臣民。

披一身晚霞下山

身后，夕阳为我送行

并为我此行

盖上了一枚落款印章

一只大鸟，从我身上飞过

是灰色的？花的？

我并没看清

也没能听见它扑棱翅膀的声音

我是它路过时的一棵枫树吗？

它轻振羽翼，并未掀起飓风

就带走了我的青涩与葳蕤

如今，又揪落着我的片片秋红

一场不可逆转的坠行

凉意越来越清晰

灵魂已披染上一层白霜

在夜深人静时闪烁着盐卤样的光

还能对峙多久呢？在大鸟的偈语中

一棵枫认领自身的命运——

裸露枝桠，缄默着凝望

比天空还空的空

候　鸟

夜风从窗户涌入
秋天深入人心

品评着农家自酿五粮液
他们嗓音粗粝，话语如石
聊着当初年少的轻狂
如今中年的感伤
聊得更多的是：汹涌的浪潮
潜在的漩涡，以及被浪虐
被涡旋的痛楚

攒着不可预知的命理
在如大轮盘的都市内
他们投进去侥幸的筹码
期许收回一罐蜜糖

天亮后，这群迁徙的候鸟
又将离开巢穴奔赴远方
此刻土灶被女主人烧得火热
返乡男人们喝酒聊天的声浪
漫过窗外家乡的月光

山谷里的酿酒坊

老友的酿酒坊，在一个山谷里

我的造访，惊得不锈钢拉门咣当作响

阳光，草坪，茶桌，摇椅……

一切都很治愈

正是我需要的样子

仰望，我愿意自己是那弯

停泊在天空湖面的月牙舟

安静，恬淡，雅致

整个下午，我诸事不理

只是静静地待着

与清风，大山，草木神交

和那杯养身酒叙旧。我知道

这时候我是快乐的一滴水

在我的眼角，静静呼吸

中秋月

时值仲秋，街上的店铺
已打烊歇业
飞机再三延误，独处异乡
沦陷于台风过后的一地狼藉
我怅如飘零之叶

你的出现，是一道光
照彻我的暗夜
就着满屋糯软的台湾腔共饮
我们聊源头，聊裂痕，聊锈斑
暗香疏影中，杯中的酒水
随时光明明灭灭，时深时浅

抬眼，窗外
一枝橄榄正递进窗来
江水归入大海势所难免
今夜那轮明月是药，缓解
两岸人的思念

晨 思

对镜拔下几根白发

以精华液抚摩一道道皱纹

尽是徒劳啊

岁月留下的刻痕

哪有适用的橡皮擦

"该接受每个阶段的自己"

我早已默然接受

耗费心血，修剪心中的残枝

催发灵魂再度抽穗

这样的我，即使华发如霜

又有何妨？

潮水无声

雨落盛夏

飘香藤放胆秀着美色

丝瓜藤向四处伸展着茎须

一只鸟，在墙头安憩

世界看似甚是安宁

可所有的它们明明都和我一样

置身于无声的潮水里

潮水涌动，将岁月涓洗

起起落落间，过去一个个轮回

一些事物跌落

接近或回归于故土

而另一些，又于空隙处

悄然萌发且崛起

某种生活

宿醉醒来

推开门，走向室外

凝视池塘中浅游的锦鲤

我开始担心，塘中那么多的顽石

鱼儿们是否都能一一避开

墙壁上循环的水流

能否提供给足够的氧气

我开始谴责自己

在这供它们存活的方寸之地

所设下的种种障碍

它们本该拥有更广阔的自然之境啊

站了好久，我突然发现

在这尘世奔波的我们

和这些池鱼是何等的相似

一样需要承受碰壁的无奈和悲哀

也一样会有，觉着难以喘息的

烦闷时刻

冬日物语

抽空的柴垛在虚空中燃尽

新岁赤膊而来

仿佛要重新布局

我重复着平庸

如一道旧流，迟钝于新的出口

多羡慕掠过头顶的那只鸟啊

积雪的绳索

也阻止不了它割破天空的双翅

此刻，西山饮下夕阳的最后一滴血

一只寒蛩躲在低处

一声接一声，凭吊又一个

枯萎的白日

逼迫我不断啄开无虞的硬壳

生日有感

又被圈上了一道年轮

已步入更年期的我

搂抱着泛着阵阵潮热的身体

过路风吹来，掀起我心底的孤寂

接下去的时光，是不是只能用来回忆

是不是将光阴虚掷就可以？

身边经秋的老树

向天公抖擞着身子

卸去一树纷扰后的它们

哪会任自己枯萎？

经过一冬量变的积累

一旦春天打开宝盒，蛰伏的枝头

就会长出新绿

想起这些，我捧起一本书

坐进树木筛落下的光影里

我要学着像它们那样

整修自己，修禅入定

我确信，此刻的我

已经可以从容迈进

人生之秋的光景

浮生记

站在这株活了 1400 多年的隋梅前

若说她一点儿都不沮丧

那是不真实的

当发现追逐了半生的那道光

到头来，竟不过是

痴梦一场，闪电一瞬

目光所及之处，皆是泥尘

她止不住身心阵阵寒凉

而今不知何方衍生出的雪

已在头顶踞守，且冥顽不化

还有什么能值得一争的呢？

人生尚不如一株植物啊！

深陷于静默的困顿，与孤寂相拥

一只倦鸟，心底派生出深渊与雾海

只觉正身处秋的腹腔

周边落木萧萧，似茫然的灵魂

不停地旋转

踩

空地上
一群孩子欢笑着
在玩
踩影子的游戏
你踩他
他踩你

玩着玩着
就长大了

就有人
越玩越灵光
将游戏
玩成了升级版
狞笑着
你踩他
他踩你

微 茫

空山寂静。

只有风浩浩荡荡地吹

吹来一些思绪，来路不明

忽而逾越千年，忽而又重回眼前

时空这片过滤网啊

被它过滤后所剩下的部分

次第丰满着我的哀伤

付出了将近半个世纪的执着

竟会是如此的不堪

仰望，从宇宙间漏出的星星点点

究竟预示着些什么？算了吧

反正我是不能留痕的

那就这般的得过且过吗？

坡地上，一大片的山羌花璀璨夺目

照亮了处于寒冬的这一个角落

要不就做这其中的一朵吧

我执拗地这样想着

渐渐忘却了，继续去审视

心底凝起的那一大片霜花

火焰的长舌

唤醒沉睡的枯枝
将孤岛般冰冷的夜
舔开一道妩媚的口子

我看见　火光熊熊
撩起你的笑容
枝头红梅般生动

喜欢这样的夜　这样的篝火
有你替我烘着湿润的心
空气里弥漫着烤红薯的香甜
我们用诗歌助燃
你读诗的影子　被火光
揉进身后潮湿的泥地
又和火光一起　延伸
至我心里

今夜　因为有你
我枯枝般敏感卑微的心事
缄默　摇曳　跳跃　舒展
最终　开成一朵向阳的花
多么晴朗

恐 惧

十六岁那年，我寄宿在深山

唯一一户农家人字形屋檐底下

夜里，起风了

那是怎样的一场风啊

一切能发出响声的都在狂欢，喊叫

世界像是要被撕碎

折断声，倒塌声，掉落声，砸裂声……

声声灌耳，凄厉，暴躁，扭曲

风与风间隔的瞬间

万物仿佛已被驯服或已死去

于空寂中沉默着，悄无声息

紧接着，又开始下一轮的哮喘

夜助风威，风仗夜势

从四面八方倒灌而入

我觉得下一个被吞噬，被撕扯的

就是瑟缩在被子底下的我

紧握拳头捂着胸口

没能摁住战栗的心跳

天知道那一刻，我是有多渴望

温暖，陪伴与光照

此　刻

坐在故乡的山坡上

四月枝头过滤后的阳光落下来

绽开一地素雅的寂静

视线不受拘束，投向远方

我看见，岁月长河里

一张张脸孔浮萍般，随水一掠而过

有风吹来，轻抚我这张不再年轻的脸

体内的一些事物慢慢析出

我的血液又重新响起山泉的吟唱

是啊，早就该有一颗平和之心了

那样的心不易堆积尘垢

我跟另一个自己说：丢开人间情事

别再受利益驱使，也别在意灵魂是否高尚

骨骼和经络就能清澈到透明

我顿觉这季节真好——

万木逢春，鸟鸣一会儿在我的头顶炸裂

一会儿又滚出老远

暖　阳

郁金香举着金铃铛
玫瑰，铁线莲，风车茉莉在比赛爬栅栏
久雨泛晴，天空几经阵痛
终于在云床上，诞下一个通体泛红的婴儿
当我推开玻璃门，它已换上银装
跃上檐头，向四下里张望

这充满奶香味的阳光
让我的身心比仲春的植物还要葱茏
它将白浴巾挂在山尖
明眸闪烁间，将一江春水点亮
它身轻体快，轻轻一跃
趴在了坐门口闲聊的母亲和婆母背上
摊开一块巨大的面膜
替大地轻敷含泪的脸

所有的弱小，失意，仿徨
都在这光的寂静中
得到慰藉

冬日的夜晚

夜晚静谧。行走于江畔
孤鹭贴着水面疾飞
天空——缀满星光的黑色花盆
一朵金菊盛开

被疫情之镣铐锁住的人们
抱紧灯光，圃居于一个个空匣内
天地空旷，霓虹流转，世事经乱
一切让人觉得，奢侈而眩迷
谧而诡异。
唯余心如转蓬的我
以及那只被缆绳系住的驳船

江水拍打着堤岸
仿佛想让受惊的尘世
安下魂来

一个人的周末

周末，无所事事

阳光，干净得犹如婴儿的脸

空气里流淌着蜜

执一壶香茗，于亭内独品

一只蚂蚁，呆萌在翻开的诗集上

池鱼无所事事，翔于浅底

风轻拽着喜欢摇曳的事物

水声，鸟声，蛩鸣声

组合成婉转、流动的天籁

这些自然之物的表演

原始而质朴，有着治愈的超能力

接纳着一切的恰到好处

一颗心泠然而潋滟

此刻，那些辜负我的人和事

或被我辜负的人和事

都不愿再去想起

重　阳

走进原始森林

石阶将我越抬越高

这里的风

有着江南丝绸的质地

头顶的云朵

是不安分的羊群

几束光从天穹斜射下来

接受天启的群山

绵延着，铺开

一场关于大地的叙事

天地寂静，无悲亦无喜

在这透明而澄澈的质朴中

我贪婪呼吸

像一尾在缸中待久了的鱼

获得源头涧水的救赎

夜

孤灯，蟋蟀，我

浸淫于墨色，任光阴

从身边淌过

石头随水声撤走

天地唯余我

一颗和蟋蟀相同的褐色的心

宽衣解带，无须过问世事

无须想谁念谁

夜色

正把一切洗黑

也洗净

夜色中

重回到这样的夜晚

独坐于亭内

任晚风驱去白日的困乏

只有这个时候，才觉着

世界属于我，属于一切的弱小

更深邃的黑暗中

蛩鸣唧唧，夜蝉鸣笛

迎合着池内细细的流水声

一组天籁之音

抚慰着黑夜及黑夜里的人

一只猫钻进铁栅栏

悄无声息，走过我身边时

定睛看了看我，又默默离开

与它对视的那一刻

我知道

这种时候

我们彼此都有一颗

不愿意被打扰的心

我不是一个捣蛋的坏人

在给女贞球做修剪的时候
一只鸟儿扑腾而出
窜上屋檐，与另一只鸟站在一起
叫得惊慌失措
仿佛它们的末日来临
我扒开女贞球一看
原来，球心内藏着只鸟巢
一枚绿色鸟蛋卧在里面
我无意间的举动
侵犯了鸟儿一家
停下手，我静静离开
希望鸟儿们能重新飞回
这么做，好像想向它们澄清
我并不是一个
捣蛋的坏人

怅然书

俯身看花时

惊扰到丛中一只鸟

它倏地飞了出去

消失于晓雾的虚幻里

它投掷给我的那抹怨影

多么惶然，多么令人伤感

它不知道我喜欢它

希望能与它共处

它准是认定我心术不正

就对我上演这场飞掠的别离

不知道从何时开始

心与心的距离已被拉远

也不知道，该如何化开

这无名的误解

晨风有心，呢喃着

意欲拂去我的感伤

回神的那一刻

方才惊觉，一股凉意

正顺着眼角往下淌

秋千的烦恼

白昼倦意渐浓

黄昏有了柔纱的质地

瓯江水平静得看不出流动

它依旧在底下暗自汹涌

在一块石头上坐下来

想借晚风平复内心的喧嚣

从而获得一朵云的闲适与从容

可手机又传来信息提示音

微信、钉钉，紧急通知、待办信息

江湖之上

为什么会有那么多的身不由己？

而我们只能选择屈就与顺从

水边秋千，荡得悠闲

轻盈的象征

可仔细一想，它也是

被四根铰链禁锢着

第二辑：寂静潜入我的身体

三月，在车盘坑

深山里的车盘坑，浓雾弥漫
新雨后，一条条涧水
在四野泠泠作响
春天，像头披纱巾的新娘，
怯怯地藏在田野、地头，藏在
土墙的拐角处
似乎在觊望着
又好像在躲闪着

此时，适合遗忘
适合在苍劲的虬枝间
像矜持的梨花那样，
清白的呼吸，打战。
或者，像桃花一样
着一身粉色裙裾
剥离寒冬的隐忍与克制
暴露原始的，轻狂的秉性
且歌，且舞，且蹈

三月，在车盘坑
适合放下灵魂与肉体
所有的防备

在大庄村

藏在大山深处的大庄村

少女般清丽脱俗

瀑布从云端飞泻而下

像谁遗落的碎银铺满山谷

天地如此静谧

仿佛被一只筛子细细滤过

一轮大水车，不停地旋转着

像要将地表深处的记忆

——唤醒

跟着慢下来的时光

我在田野里穿行

高粱举起一个个火把

点燃了我的热情

玉米苞鼓胀着

像等待孕检的女子

那么多的鸟雀，都忙着在四处抒情

在大庄村，我脱下伪装

只想赤裸我所有的情感

邀来清风和明月

共醉于一瓢饮

亲近

——致 ZL

近谷雨，蛙鸣声平仄着
乡下人的梦境
你按亮额头那盏矿灯，瞬间
黑夜被烫出一个窟窿。这样的夜
你喜欢回到乡下，回到
祖辈们聚居的山野地头
双脚裸露，裤管高卷
脚下是杂草、淤泥、春水
你亲近一枚田螺，一条泥鳅，
一把野菜和一声夜鸟的扑棱
夜色笼罩周遭的一切，不经意间
你和整个世界和解
此时，你觉得你
离土地最近，离天空最近，离你最近
天边，弯月上扬着嘴角
将习练千万年的平衡术向你
倾囊相授

在天平山

雨后初晴

站在鼎湖堤坝上

任山风一次次穿越我的身体

雨水洗濯过的楞严寺红瓦

在阳光下透露着厚重与神性

和尚们诵经的声音

掠过耳廓和琥珀般透彻的水面

遁入密林

此刻，我们停止了言语

只专注于研究一片草叶

或蜻蜓网状结构的薄翼

当一颗露珠跌入泥地

在调整视线时

我看见：疲惫的天空

脱下了它的云履

轻枕在群山上休憩

在周岱

村庄挂在悬崖上
我依偎着凉风坐在院墙外
天边，弯月如刀
我的脆弱和忧伤
葳蕤成它割不尽的黑影

群山蜷着身子沉睡
星辰点燃了万盏灯火
蛙声如单簧管，演奏出夜的
寂静，深邃和清澈

渐渐地，我的心被修葺一新
再次澄澈透明
我没有理由不跟自己握手言和
夜色中，一只归鸟
收拢起执拗的翅膀

在杨家堂

喜欢描眉画黛，着一身汉服

持把油纸伞，撑开黑白的岁月

彳亍于青苔平仄的石阶

喜欢持一册竹简

好让我装扮成娴淑的女子

静候梦中的少年

他似弥漫于阡陌的晨雾

骑一匹白马，着一袭素衣翩翩而至

又或在夜里身披满天的星斗

风尘仆仆地赶来

我将共他品酒，为他读诗，

为他在案头，煮一盏香茶

如果他愿意，我也会

像那凌霄花，攀附在他的身上

让他闻着我的清香

也许，我倚断了土墙

也没能等候到他的执手相牵

我依旧会在香樟树下

展开一纸月光，将我的思念

遥寄到他的庭前

乔坑访梅

梅花开了
将珍藏的风骨传递
寒风中，负重的心事
沉浮

烫一壶酒
在窗前
与遍野的梅花
嘘寒问暖——

耗尽我所有情思
以抵达梅的内部

而一枝梅的处世哲学
让我感到羞愧

夜游九龙塘

真想一直这样待着

月夜中的九龙潭

你让我的内心那般的丰盈

星光，桨声，灯影，流水

以及两旁崖壁上一盏盏

盛满月光的野百合

我的眼里泛起了水雾

不想说话，也停止了思想

有山泉滴答在身上

我感觉成了一朵夜色浸润中

舒缓绽放的野百合

可是啊！欢乐总是那么短暂

跟我乘坐的小舟一样

又准备靠岸

药 典

紫琪、落葵、蝉衣
商陆、忍冬、辛夷……
那些好听的名字
像一个个带露的清新女子
赤着脚，排着队
从百药山的烟雨中走来

透过历史的重重帷幕
我看见一个叫楼英的才情男子
视她们为金枝玉叶
深深宠爱

这绝美的爱
被他浓缩成一部药典
叫《医学纲目》

穿行于楼塔古镇

来到楼塔古镇的，不仅有我
还有抹着桂花香水的秋风
在小巷，在弄堂
甩着裙摆

喜欢这样的时光
夕光在四角翘起的楼檐下走猫步
静心亭内
对弈者无问输赢
落子声声

此刻的我，不再是一只扑腾的鸟
我的羽毛闲置在千里之外
我是一朵过路野云
让身影
游荡在楼塔河的波心

在田庐

咖啡屋内，我们谈笑间
共品一室芬芳
又顺着石阶，拾级而下
步入满墙薜荔的清凉

也曾绕着潘午潭散步
看站在芳甸上的树木，顾影自怜
游船划动山色，直扑眼帘

在田庐，风看着夕阳和我们一起醉倒
它轻挠潭水，水笑出一脸皱纹
天色转暗，一群人用诗情
将漫天星光点亮，给这尘世助燃

沐浴着田庐赐予的恩泽
我又重温了一遍
人世间的种种美好

高原遇彩虹

高原上的草场、花海、牛群、经幡
已经让我的心弦，在风中弹拨
而天空的一角，太阳金色的箭簇攻破云层
一道虹骑着一只七彩麋鹿，翩然而至
像是给新娘搭起了花房。

这道上苍之手加持过的虹
像藏族女子腰间彩色的邦典
跳跃在雪域高原，扎在离天堂最近的两端

我兴奋的指数
随着彩虹弹起的弧度攀升
这是我生命的天空，充入了七彩颜色
充入了青稞、奶茶、雪山、神鹰，以及
藏地友人们的爱和阳光

雪域高原的草地上，
我弯下腰身，努力成为一道
躬身拜谢的高原虹

夜色多么好

夜从四面八方深入到这里
累了一天的风
在苦楮树上安顿着自己
一个人走来走去
周边有许多事物缓缓坠落
它们的声音很轻
却依旧引来几声犬吠
喜欢这样的夜
却没能明白
村庄使用了哪个偏方
让我比以往任何时候
都要轻盈、简单
心在寂静中渐趋于透亮
此生的来路和去处
在夜的虚无中
清晰地安放着

提线艺术

小时候，看村里人演傀儡戏
光觉得热闹
锣钹声声，傀儡晃荡

后来，听懂了傀儡戏
明白了那是故事，是艺术
是非物质文化遗产

再后来，打量着被隐形丝线
提拉的那些小人，越仔细看
越觉得其中分明有个我

我凝神细看
可总是看不清
那藏在暗处的操控者

故 乡

她偏爱绿色

有露珠的明眸

星星的皓齿

喜欢在柳枝编就的发辫上

别一枚明月做发卡

它钟爱的香水,是青草牌的

不管日子有没有阳光

它都亮开清泠泠的嗓子歌唱

她用月光浆洗衣裳

用星星装饰屋顶

夜晚有蟋蟀替她打更

清晨有鸟儿为她叫醒

她的每一只口袋都盛放着果实

渴了,我喝她的浆汁

病了,我喝她青草煮的汤水

她做了我的母亲还不够

又成为了我——

一辈子牵挂的情人

我的村庄

那里，生活多么辽阔

土地藏不住半句谎言

野壑、清溪是它的封面

紫云英、油菜花是插图

字里行间随处可见：

蒲公英，野水芹，鸭拓草，婆婆丁……

还有那些让你停顿的标点

是拐枣，覆盆子，山地菍……

鸟儿也时不时抛下一串串省略号

徜徉其中，无须费神思量

亦无须心存戒备

简单得如一只瓢虫

只要高兴，就可张开翅膀

不带任何束缚，去任意地飞行

每一朵花，每一片叶子

都在轻风中微笑

若你愿意，可认万物为

你的亲戚

回　归

河里村的夏夜

除了萤火虫们打着手电巡夜

万物皆放缓了呼吸，各归其位

稻子们微垂着头，聆听

青蛙与鸣蛩的对唱

以及银镰收割星光的声音

醒了一天的村庄许是累了

在涧水一下下的轻拍中

打起了盹，缓缓合上眼皮

享用着此番寂静

黑暗中的我愉悦地发现：

我的村庄初心未变

一直信守着等待我的诺言

此刻，走失的轻盈被招揽了回来

重新歇入陈旧而沉重的

躯壳之内

在南山

——致 CY

一座农舍，披着时光
隐匿于山旮旯里
屋前草坪上，那把立着却未打开的太阳伞
收拢着以往的记忆
一个人来到这里，他欲找回自己
找回他所认定的生命色纸
像条塘底的沉鱼，沉下心
酿酒，种菜，写诗……
塘边，灯笼花敞亮着心扉
亮起一盏盏灼灼心灯
摇曳着本真的惊艳
恰似他写下的诗

在草木间自由吐纳
跟这里的一切喜结良缘
此刻，他酿的酒在酒缸里冒泡
在不久的将来
会站出来替他发声

老物件儿

山南客

回到乡下
总有那么多蒙尘的老物件儿
扯着你循着来路
走进记忆的水波
石磨，绳纹瓦，老风车……
它们曾经和祖母，父亲，母亲那样
行走于时光的低处

四面八方的来风，不定时地吹
吹散了祖屋的炊烟，吹走了村里一些人
吹得老物件蜷缩在土屋楼角
失去了灵魂
吹得光阴，寸寸下沉

凝视着那些老物件儿
我清醒地知道，被驱赶半生的我
完成命定的功课后
也会和它们一样
被搁置甚至遗忘在某个角落
可我不愿意让自己
落满一身尘埃

莲　都

来自峰源的岩泉之水，

携带着白云，老竹，苔藓的味道

一路低吟浅唱着，投进了雅溪的怀抱

大港头外，年老的艄公竹竿轻点

一叶仙渡载着漫天紫金

消失于碧湖万顷

纵观千秋万象

联城多少往事

如黄村的芦苇白去了头

散尽在太平年代的时空里

远处，一轮明丽的日出

骑着一匹枣红马，又一次

给绿水青山送来赞礼

致 敬

坐在乡间露台
倒一杯清茶
细品时光缓缓流淌

土墙边，马缨丹开得正闹
蝴蝶——这群热爱花朵的尤物
沾一枚秋露在飞
远方的山峦上，云朵熨着天空
心底的褶皱被一一抚平

此刻，秋天如此丰盈
穿过我的每一缕风和在风中走过的尘与土
都充满了慈悲

暮色与老人

夕阳扯着衣袂隐下山去

天地陷入沉思

归鸟的叫声，是孩童的橡皮

将白日的杂念轻轻拭去

他肩扛即将失传的农具

在村道上出现，走近

驼峰一样的背，是叩拜土地

留下的印记。那张被岁月铁铧犁

深耕出垄沟的脸

蕴藏着一辈子沧桑

老人布衣从容。经过我

走向他及祖辈们

深陷了一辈子的地方

暮色浩荡，没过万物的脚踝

又向他和他的村庄

席卷而去

故乡的天空

再次来到这片田野
正值春浓得化不开的时候
我童年的身影，在晃动
捉泥鳅，捡田螺，采摘覆盆子……
那时的天空，云朵是五彩的
鸟鸣颇具穿透力，穿梭着
把我和山村的梦织成了锦绣

水田阶梯样呈现。它怀里的天空
和它一样层层叠叠
田里活动者众多——
青蛙鼓噪，螳螂挥刀，黄鳝蹿动……
这一切的一切，在柔光中
融汇成生动朴实的祥和

谷底，水声照例从容淡定
它在流动中深思，在深思中流动
从未放弃对浩瀚的向往
却和我们一样——纵然走得再远
也扯不断与故乡相连的脐带

柿子树下

再次站在柿树下
已经很多年过去了
半坡斜阳欲洗濯我的一身锈斑
却终是大失所望，挪移去了它方

想起当年一起采柿的人
尽成了时间玩魔术的道具
走的走，散的散。
有的久不联系，有的已经消失

一地树影斑驳，扰人心绪
站在树下，我真切地听到了
岁月流失的声音，沙沙作响
头顶上，柿树亮起千百盏灯笼
依旧没能照亮——
走回童年的山路

从　前

记得年少时，天空清澈

大山经络清晰，时不时冒出

樵夫或牧者的脸

土地犹似处子或少女

而不是常年长满胡髯

从前的河流丰盈，笑声欢畅

浣衣的女子站在水中央

任流水漂洗青葱岁月

从前的月光皎洁，星空璀璨

萤火虫提灯替村庄巡夜

从前的绿叶菜上，裹着蟋蟀的叫声

稻花香里，歇满蛙鸣一片

从前的炊烟在屋顶缱绻

从前的人心不设栅栏

从前的一切

都落在了从前

乡村的黄昏

夕阳回到西山后的老巢

撒落的金子，被它一一收回

鸟儿低语三两声

拢住翅膀，投进灌木林

正是炊烟袅袅升起的时候

村庄充满着神性

每一个村民都像是神灵的孩子

被炊烟引渡回村里

所有锋利的器物

隐去了寒光，退回到自己的领地

消失了暮归群牛的乡村

总是缺少了一点韵味

母亲们此起彼伏呼唤顽童们的声音

也不知落去了哪里

天色转暗，星星在头顶次第亮起

那会是谁布下的棋局？

心底渐升的潮气，一阵阵

漫漶进我的眼里

在香山荒村

向晚，风晃着芦苇

追着鸟的翅膀

残垣断壁阻不住的寂静

随荒草蔓延。影子

放倒在蹲于破灶的瓦罐

以及斜插的残香上

萧瑟，在滋长

我不敢继续沉溺

担心这享受

会遭来反噬。疾步下山

把体内的荒凉归还给香山

天边那双看不见

且不可估摸力量的手，又将夕阳

"咣当"一声拽落

行走在故乡的山野

在父辈们劳作的山野

目送群猴隐遁入林

顿时，巨大的寂静铺天盖地

仿佛一个弹指

都可形成一枚锋利的暗器

环顾四周，这熟悉而又陌生的场景

让我差点流出泪水：不远处的村庄

吐纳着最后的一缕炊烟

柿树高枝上的浆果，悬挂着

再也够不回的童年

风奏响木叶，温柔辗转

这大提琴舒缓的音色

多么慰藉人心，此刻

我听命于一种神秘力量的召唤

放下所有抵御，我听到

我的体内重又流淌起了

原有的水声

雨后的村庄

一池荷花
如刚出浴的美人，袅袅婷婷

水有了足够的份量和高度
立了起来，从云霭倾泻而下

此刻，我学着像水中的卵石那样
不去对人生做任何的思考
只顾体会，涧水冲刷纹理的玄妙

我心中豢养了一片云
循着穿村而过的溪流，欲接近
一个村庄的真相

在这小小的村庄
我感觉快乐，我将它赐予我的一切
照单，一一收下

夜宿山寺

多少年过去了
和尚坛还在原地等我
邈远、深邃而专注
它赐我庙宇和栖身之所
让我的眼睛盛放星光和明月
让我的身子
和岩石融为一体。

夜，深不见底……
鸟声，比灌木丛更低
虫儿一下一下吞咽着汁水
我如一叶舟，在天地间游荡
周遭除了水，还是水
再次醒来时，天际仿佛炙锅
正在爆红一颗栗子

慈悲的夏天

时间的河流

又一次把黑夜漂洗干净

崭新的黎明如一匹绸缎

光滑，凉薄，轻盈

每一片叶子都像

刚从山泉水里打捞上来

又像是被谁裹上了一层蜡

泛着微光

林子的上空

鸟儿的翅膀

扑棱几下，掀得

叽叽喳喳的春天一个趔趄

就掉入了虚空

坐进菜篮子里的夏天

满含慈悲

攀 行

溪涧如少女白色的百褶裙

在山谷中摇曳

鸟雀的私语从树的枝桠

滑向更低处的灌木

我如一只穿梭在草叶间的蝴蝶

享受着这份静谧

轻颤翅膀

与草木一起呼吸这丛林的气息

不经意间

一个行走在大山里的人

对一切有了新的认识

我努力前倾着身子

与古道上漫长的时光

保持一种向上的姿势

寂静潜入我的身体

天师尖一定记得我
那天，我跟随朝拜的人群
像苦行的蝼蚁，爬上峰顶
有人燃起庙宇内的香火
对着木质的神灵一次次屈膝
而我，只想寻一静处
舔舐生活的齿痕
天师尖为我备下枯叶的襁褓
通透而隐秘
我学着一株植物吐纳吸气
渐渐地，我在树下沉沉睡去
风儿像是奉了圣旨
伸长手臂一遍遍抚摩我
梦里依稀有鸟鸣声掠过
醒来时，光影在枝叶间流转
一种空灵的寂静
已悄悄潜入我的身体

挽 留

流寇赶走了燕影

天空已更空

喧嚣日渐式微

故事都有了结局

秋雨的敲打声

收留了枯萎

天地之间，唯留

稻草人在倔强思索

季节随秋风的指令进进退退

体内已埋下伏笔——

那棵树虽已落叶缤纷

却拽着承诺寄养的微茫

不肯撒手

锯 子

蟋蟀的叫声彻夜未歇
锯开了黑夜厚实的乌铁桶
亲历于这场天地的开启
感觉又经历了一个轮回
城市的轮廓在雾气中隐现
塔吊缄默，计划新一轮的运转
早起的种菜人，把锄头的挖掘声
混入了凌晨锯子的声音里

此刻，我与万物
都走进循环的时间机器
身上的锈迹被晨风抹去
鸟儿分享出巢的快乐
虫豸传递蠕动的悠闲
这一页页合成的诗集
在我眼前次第打开
一来一往的锯子
将晨光磨成碎屑，洒满一地
早起的鸟儿总能
在路途中啄起几粒

三月（1）

我在听谁诉说
鸟儿停留在我的树上

三月　我的梦想
随着绿草滋长

春潮带雨的夜晚
三月淘气的跃上时光的河床
是谁　扎起了满树的桃花
又把我的眼睛拭亮

在三月的窗口
柳枝在我明净的目光里飞扬
阳光温暖了所有的胸腔
土地　是春姑娘肥嫩的乳房
诱惑着农人开垦的愿望

三月（2）

三月湿润而明媚
阳光液化于万物体内
三月一动心思
千山万壑的鸟鸣，就飞了起来

春风无孔不入，于四处招兵买马
农家小院里的三月
尤其葳蕤，顺应着季节
薜荔爬满土墙，紫燕筑巢，绒鸡下地

囤居了一冬松球般蓬松佛系的心
也不再安分，开始充实起来
煮笋，炒茶，摘野菜
即便是最爱嚼舌根的农妇
也来不及闲话家长里短

三月，春天的隐喻已然彰显
每一片绿叶，每一片花瓣
都承担起一章美学
所有的心窗都已敞开，那么多的善念
由内至外，喜滋滋生长

三月（3）

想或不想，恋或不恋
三月又回来了
它在每颗经霜的心里种上芳草
让所有的眼眸升腾明媚

春风一声吆喝
香椿，紫云英，马兰头
野蒜，蒲公英，折耳根……
就都汇齐了
流水蹀行，蝶裳轻舞
阳光软软的
散发着奶油的香味

领着一群小屁孩
站在种植园里
我教会他们认识野菜
却教不了他们
如何丈量春天
以及这人间的深浅

春风是一把柔草扎就的苕帚

是最后一片雪花的尖叫之后
还是太阳到达黄经 315 度之后？
兴许，是更早之前
土地就铆足了劲，策划了这场
无声而热烈的政变
所有根系、枝桠都植入了理想主义
情绪高涨，血脉贲张

地面被那么多的绿箭射穿
花朵们吵嚷着，簇拥着，推搡着
一粒粒鸟鸣，从天空落到枝桠上
又从枝桠落到我心间

春风是一把柔草扎就的苕帚
拂去我体内
堆积已久的阴霾与枯叶。此刻
我是一朵粉色的樱花，轻盈舒展
欢乐溯着青草的芬芳
越漫越远

在春天

田野地头

鼠曲草挨挨挤挤

几只长尾鸟翙翙其羽

飞离一棵枯树，融入在一片翠林里

静静地凝视着这一切

学着像草木虫豸那样去呼吸

我不由得心生欢喜

阳光透过棕榈叶的缝隙

勾勒在我的红色线衫上

恍惚中，我觉着

我是一朵拱破花枝的小花

守着方寸之地

摇曳在每一个平淡的日子里

我在为这个人间

为这个接纳我的春天

悄悄点燃存储的微茫

春日晨曲

拂晓醒来。拉帘，推窗，远望
薄雾在忙着清理黑夜遗留的残局
黏合的天地渐离渐远
在被鸟鸣加码的寂静中
尘世昨日破溃的伤口逐渐愈合
长出崭新的叶簇

想着行走半生，却依旧庸碌
刚下眉头的伤感
又跃上心头。索性行入晨雾中
四周鸟声，鸟影晃动
仿佛歌咏是鸟儿们此生唯一的使命
早起的老农在侍弄豌豆苗
他古铜色的脸透露出金属的光亮
宁静且安详

此刻，曦光填平我体内的沟壑
所有的感伤羽化成蝶。抬头挺胸的瞬间
一个绿意盈盈的春天
撞了我满怀

春末的暗示

黄昏，我站在楼顶

看江水奔忙，群山入定

视线所及之静默与喧嚣

铺展成一种暗示，直击心灵

——与它们相比

我的存在是多么短暂且渺小

想着驱赶自己跑了半生

不曾做成任何一件值得一提的事

心里便有了膨胀到极限的空落

世界在残花的坠地声中

被归鸟拖进黑暗。我开始反省

难不成就这样心甘情愿

接受自己成为一枚弃子吗？

昨日的荒芜之地

就不能再补植上一丛翠绿？

恍惚间，我好像看到另一个自己

在季节的门扉尚未完全关闭之时

从疏懒的骨架里起身并超越

她眼神中闪烁着的光亮

我似曾见过

春 天

从一场雨后开始明亮
缄默了一冬的农具
重新发出锃亮的寒光

犁耙过处，土地张开惺忪的眼
那些具体而微小的生命
在土壤里呼吸，膨胀，发芽
在阳光雨露的鼓动下
铺开一场关于季节的恢宏叙述

继承了阳光和土地的人们
靠山吃山，他们比沙土粗粝
不懂隐喻，却深谙农事
葱茏成春天

九月（1）

季节一个急转弯
九月就横亘在天地间

万物有着说不完的兴奋
稻田铺展开金黄地毯
枝头挑亮了一个个灯盏
田野地头劳作的农人
笑容，亦如菊花般璀璨

天空如此高远
心中堆积的块垒
被路过的凉风一一吹散
橙色的阳光下
一只蝴蝶展开翅膀
舞姿翩跹，轻盈而舒展

九月（2）

九月的隐喻藏在田野里

风儿掠走一部分，鸟儿啄取一部分

镰刀收割一部分，竹篮装盛一部分

最后剩下的，被我酿成桂花蜜

用来给清苦的日子，充当甜味剂

九月（3）

暑假的尾巴最是滑溜
九月刚准备探出个头
它就匿去了影踪

又要开始在寒霜中衔枚疾走
方才惊觉和悔悟
两手空空的我，在这个假期
放逐了太多时间和事物

可是啊，不管我愿不愿意
九月都已经摁下启动器
那么，来吧！
让我来礼赞这新生的九月
紧随它的脚步，以我的方式
陪它共舞

九月（4）

走进九月
就走完四季一半版面

日子一如秋叶
眼看飘零化作尘的越积越多
残留于枝头的越来越少
而我，却像一只蜻蜓
依旧在岁月的河沟里点水
留不下任何痕迹
这跟没活过有什么区别呢？

阳光刺眼，秋风忙碌
那么多浆果日趋风干
像一具具尸体

秋

远山服完夏的丹药
栾树将秋天举了起来

仿佛一夜间
蝉儿被安上了消音器
所有的急躁和聒噪都安静了下来

秋天的锯齿已然露出锋芒
匮乏者深感心虚——

风还在不冷不热地吹
像宿命的操纵者

枯败堆积得越来越厚
还有什么能抓住的呢?

一盆菊花瑟缩着,将爪子
颤巍巍,伸将出来

秋天，关于繁盛的草木

细密的雨丝

缝不上秋的伤疤

在季节的滚筒里

反复轮回

身躯已越来越旧

体内曾经繁盛的草木

在度一场浩劫

然而，秋天的脚本

不止木叶萧萧啊

每一次枯萎，都是在孕育

你看，那棵迎风而立的栾树

正将花朵洒向云端

它的灿烂

能否点燃整个秋天

晚　秋

桂花已逝的坡上
晚风梳理谁的长发
晚秋的手又一次叩开时光的薄门

撩开十月的纱幔
谁的心事在坠地的枯叶上蜷卧
我知道所有的土地都回归了宁静
十月的睡眠浸在寒露中

期待已久的情感在阳光下升华
野菊的清香系向谁的鼻梁
在十月的甬道旁
我是诱人的枫叶释放晚秋的芬芳

秋风呵
你这勤劳的壮汉
掏起熟透的山歌将梁园填满
我对秋天的感恩
比深秋的枫叶红得更深

立 冬

桂花落了一地。在下着雨的黄昏
凉了一季的心
此刻，又转为冬寒
每一个生命的上场
都轰轰烈烈
而谢幕时，都让人猝不及防

总是以来日方长聊以自慰
却没想着人间跌宕
紧拉着线绳的手
握着握着，就松开了
身边的人，走着走着
就走远了
再回首时，竟是山枯水瘦

落在伞顶的雨，淅淅沥沥
欲调停我纷乱的思绪
它是有多么自以为是啊
它哪里知道，远方
冷空气起草了一场更残酷的风暴
或许，已经涌来

年

那个叫"年"的怪物
喜欢折叠光阴
它把 365 个日子折叠成 "1"

这个病态的 "1" 是支画笔
在你自以为葱茏的瞬间
画了无数条鱼尾纹
在你的梢头摇曳

这个疯狂的 "1" 是个暴君
鞭子高高扬起
将一个汉子抽成
一株向它弯腰致敬的芦苇

这个顽劣的 "1"
将太阳玩弄于棍底
棍起，太阳被揍得通红，蹿上东山
落棍，太阳被揍得通红，跌落西山
不剩一根碎骨

雨 后

檐下的蜘蛛
盯看着缀满雨滴的网
尚未完全缓过神来
玫瑰花的百褶裙上
露珠点亮欲坠之美
一阵清凉袭来
仿佛听见
尘世间那些渐枯的枝丫
经过雨水的浸润
都"滋滋"地萌生出了新叶
体内奔腾的那匹野马
仿佛松脱了缰绳
它的眼睛扎进
一片放纵野性的草原

第三辑：秋天备忘录

豆荚

午后，阳光随性而慵懒

蝉儿在枝丫上练习着吹奏

母亲端坐于木椅上

摇着一把蒲扇，她摇一下

夏天就晃一下

门外，四季豆在风中葳蕤着

不曾改变的纤瘦模样

母亲的眼神安放其上

那里一定悬挂着

她的欣喜与悲伤，思念和牵挂

如四季豆的藤蔓一样缠绕

越长越长，越长越乱

光影里

一个老去的豆荚

表皮开裂，色泽金黄

默默让自己

一天比一天，更愿意去接近

留守一生的土地

最初的雪

一座雪山

压着一片雪

一张张熟悉而陌生的面孔

忙碌着

嘈杂着

撕扯一丈丈白

扎起一树树白

开出一朵朵白

世间所有的雪

铺天盖地

全落入大地白色的皮肤

从此

我的每一个冬天

都会佩戴一块洁白的银饰，幽幽的

泛着温暖的冷光

放 牛

六岁那年，为了好玩
跟着你去放牛，（为什么
那是我仅有的一次啊？）
我们和牛群一起，走在山路上
一头牛扬起角
将我挑进路边四米多高的泥地
父亲，你真傻，那么高
你就紧跟着飞下来，抱紧了我
我看见你的眼泪簌簌落下
我替你擦着眼泪
父亲，我真的没事，就只是蹭破了皮

可是父亲
每次走在这条路上
我为什么就是痛得不能呼吸？
为什么你偏选择我落下的那个地方
那么满足地，静静
躺在那里

泡泡糖

听说有一种糖

可以吹出泡泡

我硬缠着母亲要来五分钱

托邻家婶子从县城捎回一块

嚼泡泡糖的那一天

阳光甜得发腻

我快乐得像只蝴蝶到处飞

那块泡泡糖我玩了好几天

一直玩到发黑发硬

一块泡泡糖

怎么会让我那样喜悦和满足

后来，我再也没有过

那样的一块泡泡糖

花间辞

园子里的绣球花

风光一时后开始枯萎

先是花瓣成了锈色

然后就凋零落入土里

母亲坐在靠椅上

年轻时，她像花朵儿一样

现在的她，也还是一朵花儿

每一阵路过的风

都拭去一些她曾经的光芒

此刻，光影中微尘浮动

尘世寂静，佛面素颜的母亲

正与一朵花对视

桐花落（1）

桐花开开落落

母亲和婶子们在树底下

谈论各自体内的顽疾

四周，玉蝶坠落

积一地粉白与肃穆

车驶过，花骸片片

从轮底飞溅而出

我的心开始战栗，疼痛

生命的消亡如此迅速

轻若桐花的她们

也会在一个或明或暗的日子里

凋零，枯萎，消失

不留下任何痕迹

一阵风来，空气里

响着更多玉蝶坠落的低泣

风中的我避无可避

孤寂与惆怅

伴落花齐飞

……

春茶曲

母亲在采茶
诺大的一片山，除却她的那把伞
就剩一些伞样的坟墓

风一吹
满坡的野草流淌着清泪
在风中抱紧身子

雨还在下
而母亲，只埋头采茶
那把伞，遮住了她的半个身子

追光者

廊檐下，春燕衔泥筑巢

阳光四四方方，铺在老屋天井里

我和四岁的小侄子

跟一面圆镜的反光游戏

板壁上，那束光猫一样的自由

躲闪，跳跃，追逐

小侄子"咯咯"的笑声

春天般轻盈透彻

仿佛全宇宙的快乐都已凝聚在这里

我忘记了其他的存在

无所事事地陪着一个孩子

一个我羡慕的追光者

度过了三分之一个上午

母　亲

夜，清凉而透明

星星，铜钉般嵌在穹顶

母亲摇着蒲扇

剥开那些阴晦时光的血红记忆

述说她生命中经历的一场场雪

月光流淌着，柔柔地漾在她脸上

她的声音比月光还柔缓

而翕动的风，像她的情人

一下一下，轻抚着她被时光

磨得稀疏了的头顶

日子，真像件满是破洞的烂衣裳啊

母亲说着，发出了一声长叹……

"可是，怎么都还得过不是？

这天杀的漏风的生活，这家里的七口

砍柴，养猪，种田，挑砖，盖房……

我得干男人的活，也干女人的活……"

此刻，有忙于生计的夜鸟低叫几声

扑棱着翅膀，飞入了阴暗处的芭蕉林

母亲像是也累了，倚进了越来越深的夜色

天地四合。万物在伤痛中

慢慢平静下来

母亲和父亲

打开旧柜子
香樟木好闻的香味弥漫开来
她将手伸进抽屉暗格
摸出老式军用帆布钱包
即使历经岁月的浆洗
它依旧绿得静默而深沉

轻叹一口气，她转开铜按钮
夹层内露出一张黑白相片
一个年轻军人，坐在驳船上
视线向着天际与大海延伸……

四十多年了，除了留下一堆孩子
他留给她的
就只有记忆
空钱包和这个固定姿势
她没见过他经常提起的大海
一次也没有
只是虔诚地
守着他所留下的
直到脸上沟壑纵横
头顶霜雪飘飘

那棵苦槠树

站在窗前凝神，又想起
那棵婆娑着枝叶的苦槠树
它比我最初的记忆还久远
伫立在青石板之下
与青山的背影重叠着

秋风大把大把呼啦啦地吹
有鸟儿投林，将悲欢藏进叶丛里
母亲将围裙打了个结，挂在胸前
像极了一个空瘪瘪的胃
我们都不说话
手中树枝拨开枯败的脆响代替了沉默
我跑去母亲身边
将苦槠果填进围裙包内

天在下雨，雨点落在雨阳棚上
窸窸窣窣。那声音像极了许多苦槠果
从时空的巨大树冠上，从我命运的天空
纷纷跌落下来

故园情

天边，那条悠游了一天的鱼即将消失
它的鳞片被镶嵌在门窗上
整个城市都是金色的了
这真的是神圣而美妙的一刻
我听见心里陈冰的声声裂响
多想为这一刻而驻足啊

然而，此刻我不是闲云野鹤
而是一只以不同视角查看世界的乌鸦
我所想的跟我一身的黑同样纯粹——
赶往五十里外的故园
那里有年迈的母亲
她正站在老橘树下和祖屋的炊烟一起
怀揣着满满的念想
等我回家

望

母亲站在村口，向远方眺望
她看得很远：
从自己穿一身嫁衣走进村口
到头顶燃起白色的篝火
从父亲第一次见到她的羞赧
到天人永隔的不舍

阳光穿过老梨树，使她全身开满碎花
却探不进她心底隐秘的深处
就也跟母亲那样，放下执念
蹒跚着，退去了土墙边的角落

辛劳一辈子，母亲终于停下来
花时间用来追忆了
可追忆过后是漫长且难熬的寂静……
村庄空旷　一弯豁牙的淡月
似被谁遗忘挂在天宇之上

时光之书

曙光如婴儿的手抚摸着大地
山村在云被里似醒非醒
父亲将柴刀入鞘，绑向身后
做好早餐的母亲，替父亲
把带去山里的中餐装入饭盒
又把军用水壶灌满水
就开始喂养她的鸡鸭猪狗

行至中年，我依然记得
家中的清晨序曲：禽畜的喧闹声
夹杂着父亲打开木门的"吱呀"声
以及母亲对禽畜的几声呵斥
很难忆起父亲的样子——
他短暂的有生之年，总是早出晚归

后来，我离开了家
没再沿着父母的旧辙行走
可我的梦里梦外，始终循环播放着
老屋的场景及它头顶的星月

此刻，将脏碗盆放入洗碗机内
听着儿子用英语在跟同学打越洋电话

秋天的证言

这样的夜晚
我好喜欢夜风徐徐吹过庭院
将时光的书本
一页页缓缓翻阅

记　忆

冬日，在校门口晨值

看着身披千百只禽鸟羽毛

庇护的孩子们

一个个从车上跳下

不禁想起童年天空被绞成碎屑

白雪没膝的清晨

一个竹斗笠和一张塑料纸

替我们遮挡风雪的肆虐

父母生怕衣着单薄的我们挨冻

生上一个火笼让我们提往乡村小学

一个趔趄，火笼埋进雪中

记忆里，便有了永远的天寒地冻

奇怪的是：即使冻得簌簌发抖

嘴唇跟着下巴打战

却未曾听说有谁因受冻而生病感冒

看着眼前的娃儿们

想想那时的我们

的确算得上皮糙肉厚

雪　夜

雪安卧枯枝，枯枝托举着雪

它们似已完成此生修行，不再摇曳

父亲带着我，穿越六十里雪山

我们已不想再说话

只顾拖拽着灵魂与肉体前行

偶有鸟雀离枝，蹬落积雪

诧异于我们的跋涉

脚后跟已磨破，寒风的鞭子

抽打着骨头

夜色从梢头释放下更深层的寂静

月亮爬上山的乳沟兜售星火

刺骨的白与瘆人的黑——

恐惧多么深邃寥阔。父亲背起我

我找回冻僵的身体

无形的恐惧，倏然隐回无形中

父亲啊！自你离开以后

所有的所有都在雪中

人世间陡峭的雪山，我只能忍着

从肌肤到心口的寒冷与恐惧

咬牙独自翻过

雪 枝

母亲倚靠在门边
如一根顶着白雪的枯枝
她兴许在回望，年轻时
雪地里狩猎的那一刻。又或者
在回忆，她那短命的爱情

这个信奉命运，敬畏天地之人
此刻的站姿，多么摄人心魄
那是一种抵达者的淡定
像是人间凡事都已搁置身外

雪落满原野
世间的裂痕与创伤
都已被白雪覆盖

119

雪 忆

林雪

冬雨濡湿了光阴
事物在阴冷中昏昏欲睡
记忆穿过时光的锁孔，潜回老屋

我看见：雪铺满檐
雪屑蛾子般轻飘下来
鸡豕在栏舍间喧闹
母亲手拿抹布，穿梭着
擦拭着世间的灰与尘
父亲仍旧在劈柴
他的一生，总是有劈不完的柴
哥哥对着吹火筒鼓起腮帮
柴烟起处，日子沸腾

寒冬的雪，生活的冷
被拒在了门外
磨旧的老时光尚停泊在原处
小女孩，已出走半生

尘　埃

那是一个冬日的午后

阳光从天井窸窸窣窣落下来

在木质的八仙桌上漫步

我和祖母

背靠板壁，并排而坐

祖母指着屋檐：

"那些人在干什么？"

我望向她所指的方向

并没有任何人

只有尘埃在光束中悬浮着

多年过去了

我经常会想起那个午后

想起那年入土的祖母

她到底看到了什么？

是真有什么的吧

秋天备忘录

敷 生

我不悲秋
秋天不会让我伤悲
那些繁盛的枯萎，疯狂的凋零
从未主导过我内心的萧瑟

那些年，秋天以它的一套蜜语
解开母亲的愁容
让为了五斗米而折腰的母亲
终于能直起身子，眼中的晶莹与欣喜
像被秋风擦拭后的天空

枕着豆荚的爆裂声和稻谷的清香
母亲婴儿般酣然入睡
她的身后
操着神笔点化人间的秋风
比菩萨慈悲

千层底

当年，母亲的鞋底纳得好

是全村公认的

针脚密匝，规整，漂亮

母亲的一双妙手

让羸瘦的日子开出花来

母亲所经历的一生

被刀削，粘贴，针戳，缝合

却仍竭力与宿命抗衡

凌乱破碎的生活

被她拼接出千层底的紧实与柔韧

那么，脚踩千层底长大的我

（母亲此生耗费最多心血的作品）

又能从中悟出点什么道道来？

——身处于俗世的纷杂斑驳

当有母亲下针时的谨慎

和一针紧接一针

一线紧连一线的持之以恒

从底部开始，加固和织密自己

才不至于让人生，彰显太多的

贫瘠与颓败

我的母亲

她属鼠，也和鼠那样
生了一堆娃，为了这堆娃
她和鼠那样的打着小算盘
尽日思量，能往家中拖来点啥

她在地里东窜西窜
把地翻了又翻
稻谷、玉米、番薯、豆子……
都是她鼓捣的对象
大山，田野，菜园，灶台……
皆是她奋斗的战场
她那么爱美，却总是把自己
折腾成一只灰老鼠的模样

让她去城里住上几天，她说：
城里的房子像只笼子
阳光都要被挤死
不如乡下，每一株草
都能欢欣歌唱
每一只鼠都能占地为王

第四辑：因为一只猫

植物情谊

植物会不会比人更有情谊?

种下凌霄,绣球,鸢尾……

给它们浇水施肥

它们就从胸腔深处

托举芬芳与明媚

唤醒你的瞳仁及内心

它们摇曳一地叶影柔情

抚慰你始自尘世深壑之惊恐

又邀约蜂蝶的轻盈

为你静舞霓裳羽衣曲

发芽,长叶,开花,凋敝

它们任季节在身上留下印记

藉此让你观测时间的流速

让你洞察并醒悟:时光无时无刻不在

窥视你,融化你

让你不敢再将光阴

轻易虚掷

人比植物，要高明多少

蜀葵的花苞

在叶底下探头探脑

它们会绽放成丹霞

吐露成白雪吗

本以为清风会为它拂面

蜂蝶将绕它飞舞

可它说蔫就蔫了

如同那位即将临产的孕妇

腹中的孩子，说没就没了

当欣喜化为虚妄与错觉

突如其来的空无

让人心痛到无语

羊乳花

野径旁，羊乳花缠绕着灌木

摇曳成风中的铃铛

又像是穿着紫裙的姑娘

于山野静守孤灯的微茫

它那一低头的温柔和娇羞

触动了我心底的忧伤

我像是它们中的一朵

以臣服的姿势静候你的眷顾

可你却更倾心于远方

从没想为我停下脚步

时光斑斓，我开始由内而外地枯萎

一个起风的夜晚

我终于卸下此生虚拟的重负

而来生，我依然愿意开成

这无望的花朵

水晶兰

给我一小块土壤和一些枯枝败叶
给我一点湿润的空气和大地的汁液

给我几滴鸟声和蛩鸣的陪伴
给我呼吸的自由和直立的空间

给我菌类植物的静谧和安宁
给我海拔较高处的春风一缕

即使阳光的足迹永远无法抵达
我依然献出我的水晶之心

樱 花

万物尚在暮冬里驻扎
你就已经闻春而动
不需要绿叶的帮衬，几缕春风
就促成你将灿烂的修辞缀满枝头

站在树下，攀着枝条凝望
你的光芒倾泻入我空空的躯壳
被寒冬麻木的肢体逐渐复苏
血管内又流淌起泠泠春水

是呀，我应学着像樱花一样
不因畏惧凋零而拒绝绽放
即使舞出的是一场近乎虚幻的美
也终是为这个春天
献上了属于自己的热情

梨花开了

三月的风，从山外吹进来
唤醒了车盘坑的春天
满村的梨树再也掩饰不住喜悦
纷纷开始了表白

它们盛放着岁月的清香
隐匿于山中，远离尘埃
或清欢于小院，或肃立于野径边
不带一丝杂念，不以色诱人
犹似腹有诗书气自华的女子
着一袭素衣，临枝浅笑
秀而不媚，清而不寒
兴许，这就是一树梨花的独白
一年一度，逢春必开
为每一个到来的人，递上一盏盏心灯

此刻，在一个醒着的午后
在一场澄澈的注视中
我祈愿：我也能拥有一株梨树的修行
当梨花落尽后，我的枝头
能结出一枚又一枚
甜甜的善果

紫花地丁的春天

信步行走于野径

几簇紫花地丁晃动于草丛一隅

它们并不以长相矮小而自卑自弃

欢喜着旷野风中的自由

以匍匐的姿势，紧随大地的脉跳

贯注全身的热情

听令于春风的一声密召

将一朵朵小花擎成展翅欲飞的紫蝶

站在草长莺飞的背景中

我被一小股紫色电波触动

不再继续舔舐幽暗岁月啃啮的痛

也不愿再去赘想生命历程中的缺陷

只想模拟一朵紫花地丁的姿势

唤醒并掏出

蛰居于体内的春天

桐花落（2）

粉蝶翩跹，千吻坠地
灿烂，繁华，决绝
枝桠伸长的手臂落空
未能阻止这场与爱无关的献祭
只能拜托风，尾随追送一程

那落吻时的一声微响
是谁在发出轻叹吗？
惹得整座山林为之动容

满地落英，是为春天举行葬礼
还是替夏天操办婚礼
路过的山里人，没有谁驻足分辨
对于他们来说，花开花落
与婴儿的出生，老人的逝去
皆是相同的命理

群象北上

一群大象，向北迁徙
　可我明明看见
大象伫立凝神时
眼中　涌动着的
仍是西双版纳的风云
来路，已然没入连绵群山里
去路，又会在哪里
　它们烦躁得想把可食之物
连根拔起

会有哪个物种
愿意居无定所，行尸走肉般漂泊？
象群一路向北，遗一路沧桑心事
漫漫长夜，哪里是皈依之所

迷途风雨中
一群大象
依偎着
石锤般的腿
叩问着大地
这个世界
人有人的无奈
象有象的悲催

动物园里的海狮

人工池内

它躺在水里，眼神空洞

向左转 x 圈，向右转 y 圈

它是想把自己转晕吗

晕眩后，幻觉里才会出现

记忆里的大海

人们为它铺设巉岩浅塘

就以为赐予了它最高的待遇

却不知道，回到伙伴中间

和它们一起追波逐浪

一起看日月星辰的升起与回落

那样的生活才是它的向往

被岩壁一次次挡回后

它体内凝结起了冰柱

——生命已然被改写

前路——已再没了前路

往来的脚步回环杂沓

却无人问津它的哀伤与疼痛

一天天更新着心灰与意冷

我看见，它眼里积存的自然之光

已然越来越黯淡

两只麻雀

一只羽毛尚未长全的麻雀

在人行道上趔趄

黑眼珠里滚动着慌乱

它颤抖着，叽、叽，叽

声音短促，凄惶，痉挛，透露

一丝小小的绝望

朋友欲捉了带回哺养

鸟妈妈像一颗飞来的子弹

"唰"一声，从天而降

羽毛箭簇般竖起

仿佛将进行一场殊死决战

我心惊，鸟儿的护雏之心

竟和我们一样。此刻

阳光透过枝桠

洒落一地金币

我看见那么多相爱的事物

都扇动着一对好看的羽翼

鸟喙的痛楚

站在林趣家园阳台

猕猴桃藤伸长它的触须

向脚底缠绕

两只小鸟，像杂技演员

从一条春梢

换去另一条春梢。

它们练习过平衡术

又欢叫着，蹿入附近的桃枝间

习练隐身术。不远处

一棵树的枝桠上

搁置着一个硕大的鸟巢

粗粝，层叠，有型

注视着这只巢，我嘬了嘬嘴

突然就有了鸟喙的痛楚

我也该学一只鸟

要在每一个带露的清晨

用我这啼血的喙

用歌声

传递一只鸟的愉悦

秋 虫

喜欢隐于溪涧边

寻找并倾听来自源头的声响

喜欢藏在棕榈树上

看时光在扇形叶片间缓缓流转

喜欢蛰伏于季节尾端

吟咏沿途的悲欢

将扑腾已久的宿命

从尘世的漩涡抽身

在山野地头彻底的浸润中舒展

那一刻，我原谅了我秋虫般的一生

清晨的阳光在身上闪烁

我开始翻阅乐谱

我要以一只秋虫的弱小

歌唱这颠簸人间

每个瞬间的美好

学着跟鸟儿一样欢欣

门外那棵石榴树

开出火的花朵

两只鸟逗留其间

一边跳跃，一边欢叫

我认定它俩是对鸟夫妻

不知道它们是在歌唱爱情

还是因刚饱食过一顿而雀跃

兴许它们觉得：生活在这个世界

本就是一件值得歌颂的事情

看着它们彻底沉浸于自己的欢乐

我胸中久积的层云逐渐散开

比起鸟儿们，世界馈赠与我的

真是够多了，那我为何不能学着

跟鸟儿们一样，欣忭于

人生或浓或淡的

每一个枝头

与一只蜗牛的相处

苦行僧攀爬于高墙上
如此专注
四周，除了风
只有深不可测的虚无

凝视蠕动的躯体
羞愧潮水般涌来
我不敢再小觑这软体动物
它没有沉溺在绿叶
与花朵中享受，跋涉于
未曾见过的广阔天地

此刻，自我营造的困境
逐渐解体，我深吸一口气
身心像是得到了某种救赎
获得了持续蠕动的力量

因为一只猫

一只陌生的花猫

随我跳进车

卧躺在我脚边

慵懒而随性

令本不爱猫的我

心竟春枝般摇曳

是一种怎样的缘分

让它对我如此信任？

我已然受宠若惊

车外阳光如酒

微醺中，我发现

这司空见惯的尘世

它时不时会向你投来

新奇与意外

和一只蟋蟀相处

地砖上伏着一只蟋蟀
黑褐色的小身躯
肚子滚圆，脚筋强健
我不知它因何来到这里
又受到过何种惊吓
致使它变得如此敏感和孤僻
它好像不相信这世上的一切
触角坚挺，时刻准备着逃离

它跟我幼时见到的那只好生相像
并不知道，我对它心存善意
有一种在乎，叫互不打扰
踮脚而行，我给它腾让空间

夜里，它和伙伴们在花园里
振翅而鸣
我枕着它们的歌声沉沉入睡

142

包粽子

知道你要来
我开始包粽子
我哪里是在包粽子
我只是在将要蹦出的心
放进笠叶里，然后
用席草，捆了又捆
捆了又捆

火苗跳跃
粽子被熬得不温不火
被煮透是迟早的事啊
煎熬中等你
等你来解开席草，撕开笠叶
一口一口，细细品

飘香藤

世界上那么多的花

为什么偏只有它叫飘香藤？

藤花热烈，奔放，持久

却不带任何香味

这多么合乎东亚人的含蓄内敛

爱得浓郁深沉，却不善于用言语表达

它一腔的柔情蜜意，若想知晓

就得用心细品

若我也拥有草木之躯

那我将以一株飘香藤的名义

缠绕在你必经的路旁

在你投来的目光中

穿一袭绯红裙裾，作最深情的独舞

兴许，我的妩媚

可以滋润你寒苦岁月皲裂的唇

兴许，即使不说破

也一样能取悦于你

144

水晶兰

如今，她和你
一样有着一颗寒成冰雪的心
你也和她一样
弱小到被枯枝败叶层层包围
你们的周围
除却阴翳唯剩颓败与腐朽
阳光的触须尚未到达
就被折断在了诗一样的远方

身体缺乏叶绿素
不能进行光合作用
可你们并不曾望阳而兴叹
都在向上挺直身子
努力持续着体内火焰的燃烧
以此抵制布满尘世的毒菌

凉风中，一个个琉璃盏
在为这个让人猝不及防的世界
更为着持盏之人
撞击出清脆的声响
——干杯

那个夜晚

就这样吧，就这样
让我再为你续上一杯茶
汽笛声声，我得走了
我需要闭上眼再回味一下
这个心雀儿般扑腾的夜晚

有时候，我会想
我要把和你经历的每一个过往
绘成珍珠的模样
然后用最美的丝线穿掇起来
挂在你不在的晚上
用它们的光亮
化开侵入我肌肤的寒凉

有时候又会想
我需要一个密封的瓶子
封存你的每一句情话
也封存我对爱过多的渴望
最好把自己也整个给封进去
看看你是否会
因为寻不见我而忧伤

动　静

夕阳沉落

一如即将燃尽的火柴头

寒枝挽留不住枯叶

只能放任它们流离失所

一只蜘蛛，在蛛网的破败中踯躅

那阵过路的风

就将它的艰辛化为乌有

心底大面积的寒凉

吻合着这季节的萧瑟

生活从来就不是恒温箱啊

但凡日子和岁月

堆砌起恐怖的时候

轮转中的我们

就需兀自拂去堆积于体内的雪

静阅这尘世的变幻莫测

只要你凝下神来静听和思辨

就能听见和发现

有无数生长和前进的声音

在呐喊，在奔跑，在跳跃

错　过

我的眼睛已经逡巡了千百次

我就是为寻你而来的

夜色中，看见人群中的你

正向我这边走来

一股电流击中了我

可我还是默默地转过了身

有些不治之症，需要自我的救赎

我深信，你也是一样的

此刻，你触摸不到我的悲伤

感受不到我内心的汹涌

真的是相见不如不见啊

夜色如黑色的雪花

铺天盖地的落在我身上

我知道这一转身

错过的不仅是此刻

而是已经错过了

整整一生

高脚杯

倒挂在杯架上

还在怀想和你相撞的那一刻

那一声脆响

让我这一生都生动起来

我并非只是一块纯粹的玻璃啊

只要你注满红酒

我就会从内至外燃烧起来

最美的结局

很多人或事

经过了，就一一忘记

可是植入我生命的你

叫我如何能铲去？

我甚至想祈求神灵

在我们一起步入松林的时候

滴落松脂

从此我们便厮守在一起

一起经风历雨，一起迎送日出日落

所有的嘈杂声被阻挡在外面

我们是一块琥珀，一个整体

只有寂静和我们同在

世间的一切我们无需再管顾

痛不会再继续

爱亦无需考虑前进或退守

在剔透澄澈中，无声相拥

你不再嫌弃我，我们都不会再老去

这是我能想到的最美的结局